Pour Susanne, avec amour — R.E.
Pour Natasha Fenton, avec amour — S.W.

Le droit de Richard Edwards d'être identifié comme étant l'auteur de cet ouvrage
et Susan Winter d'être identifiée comme en étant l'illustratrice a été validé par eux,
en accord avec le *Copyright, Designs and Patents Act* de 1988.

Édition originale publiée en Grande-Bretagne, en 2003,
par Frances Lincoln Limited, 4 Torriano Mews,
Torriano Avenue, London NW5 2RZ.

Catalogage avant publication de la Bibliothèque nationale du Canada
Edwards, Richard, 1949-
Bonne nuit, Cachou / Richard Edwards; illustrations de Susan Winter;
texte français d'Hélène Pilotto.
Traduction de : Good night, Copycub.
Pour enfants de 4 à 7 ans.
ISBN 0-439-96690-6
I. Winter, Susan II. Pilotto, Hélène III. Titre.
PZ26.3.E39Bo 2004   j823'.914   C2004-902408-6

Édition publiée par les Éditions Scholastic, 175 Hillmount Road, Markham (Ontario) L6C 1Z7,
avec la permission de Frances Lincoln Limited.

5 4 3 2 1   Imprimé à Singapour   04 05 06 07

Bonne nuit, Cachou

Richard Edwards
Illustrations de Susan Winter
Texte français d'Hélène Pilotto

Éditions
SCHOLASTIC

C'est l'été dans la forêt. Cachou et sa maman passent de longues heures à jouer et à chercher de la nourriture. Cachou poursuit sa maman. Sa maman le poursuit à son tour. Ils se taquinent. Ils creusent le sol à la recherche de racines à manger. La maman de Cachou trouve une racine et la croque. Cachou en trouve une, lui aussi.

Ce soir-là, dans la caverne, Cachou est bien fatigué lorsqu'il s'allonge sur son lit de feuilles. Mais il a beau fermer les yeux, il ne s'endort pas. Il se tourne d'un côté, mais trouve le sol trop raboteux. Il se tourne de l'autre côté, mais trouve le sol trop caillouteux.

Il se colle contre sa maman, mais il a trop chaud. Il s'écarte
d'elle, mais il a trop froid. Il se couche sur le dos. Il se couche
sur le ventre. Puis de nouveau sur le dos.

À force de remuer, il finit par réveiller sa maman. Elle bâille.

— Que se passe-t-il, Cachou?

— Je n'arrive pas à dormir, répond l'ourson.

— Veux-tu que je te raconte une histoire? demande sa maman.

— Oui, s'il te plaît, répond Cachou, qui adore les histoires.

Elle commence son récit.

— Il était une fois un petit ours nommé...

— Cachou! répond joyeusement l'ourson.

— C'est exact. Le petit Cachou avait un don : il savait très bien imiter…

— Qui imitait-il?

— Écoute mon histoire et tu vas le savoir, répond sa maman.

Cachou se pelotonne contre elle et écoute.

— Un soir, dit sa maman d'une voix douce, Cachou n'arrivait pas à s'endormir. Il avait tout essayé. Il s'était tourné d'un côté, puis de l'autre. Et à force de remuer, il avait fini par réveiller sa maman. Alors, devine ce qu'ils firent tous les deux?

— Quoi? demande l'ourson.

— Ils allèrent se promener au clair de lune.

— Dans la chaude nuit d'été, Cachou et sa maman descendirent tranquillement la colline. Tout était calme autour d'eux. Des millions d'étoiles scintillaient dans le ciel et la pleine lune brillait, rendant la nuit presque aussi claire que le jour. Dans la forêt, les ours croisèrent un ruisseau et le suivirent. Puis ils arrivèrent à un lac. Là, ils virent quelque chose de blanc qui flottait sur l'eau, près de la berge.

— Qu'est-ce que c'était? demande Cachou.

— Une oie, répond sa maman. Une oie blanche
qui dormait, la tête enfouie sous son aile.

— Elle dormait? demande Cachou.

— À poings fermés, murmure sa maman.

— Que se passa-t-il ensuite? demande Cachou.

— Ensuite, les deux ours s'éloignèrent du lac et marchèrent doucement dans l'herbe, jusqu'à l'orée du bois. Là, ils aperçurent une grosse tache sombre dans une clairière.

— Qu'est-ce que c'était? demande Cachou.

— Un orignal assoupi sous les arbres, répond sa maman.

— Il dormait? demande Cachou.

— À poings fermés, murmure sa maman.

Cachou bâille et demande :

— Que firent les ours ensuite?

— Ils commencèrent à gravir la colline pour retourner à leur caverne.

Et là, sur leur chemin, ils virent quelque chose qui était étendu dans l'herbe.

— Qu'est-ce que c'était? demande Cachou.

— Un lièvre, répond sa maman, un lièvre brun couché au clair de lune.

— Il dormait? demande Cachou.

— À poings fermés, murmure sa maman.

— De retour à la caverne, la maman de Cachou lui posa une question.

— Laquelle? demande Cachou.

— Qui sait très bien imiter? dit sa maman en terminant son histoire.

— Moi! répond Cachou.

— C'est exact, répond sa maman.
Alors, quand tu n'arrives pas à trouver
le sommeil, pense à l'oie blanche qui
dort sur le lac, à l'orignal qui dort sous
les arbres et au lièvre qui dort dans
l'herbe...

— Je les imite?

— Oui, mon Cachou. Tu les imites.

L'ourson ferme les yeux. Il imagine
les animaux de l'histoire, dormant
tous à poings fermés, et il murmure :
— Je les imite.

— Bonne nuit, l'oie.

— Bonne nuit, l'orignal.

— Bonne nuit, le lièvre.

Et voilà que Cachou s'endort à son tour. Dans ses rêves, il flotte comme l'oie sur l'eau scintillante du lac. Il dort... à poings fermés.

— Bonne nuit, Cachou, lui murmure sa maman en lui déposant un baiser sur la tête. Dors bien.